La république absolue

© 2021 Ph. Aubert de Molay/Hispaniola Littératures

Édition : BoD – Books on Demand,
12/14 rond-point des Champs-Élysées, 75008 Paris
Impression : BoD – Books on Demand,
Norderstedt, Allemagne

Chargée d'édition HL : Rose Evans (avec Nina Nobel)

Collection 1 nouvelle

Photographies de couverture : Rus 33333 et Gus Guis

(Pixabay)

ISBN : 978-2-3222-6902-0
Dépôt légal : Juin 2021

La république absolue

nouvelle

Philippe Aubert de Molay

HISPANIOLA LITTERATURES

Collection 1 nouvelle

*Le bon pouvoir est l'administration
saine et prudente de l'injustice.*
Albert Camus

La république absolue

Voilà ce qu'est un être humain : il achète (cher) une paire de bottes à porter durant les sports d'hiver lorsqu'on n'est pas sur les skis ou sur la luge. Il chaussera ces bottes mettons sept à huit fois, dix à tout casser, et ensuite pour d'obscures raisons liées aux petits et grands bouleversements de nos vies, à notre inconstance et au hasard aussi, ces bottes seront abandonnées aux toiles d'araignées (d'ailleurs il n'y a pas forcément de toiles d'araignées, c'est propre) sur une étagère dans cette cave que l'on s'était juré de garder inencombrée mais qui est un vrai foutoir. Puis ces bottes seront jetées à la déchetterie, un jour. Lorsqu'il aura été possible de s'y rendre compte-tenu que ses heures d'ouverture ne sont pas franchement arrangeantes et qu'il faut au préalable aller en mairie chercher un code prouvant que vous habitez bien la commune et avez donc le droit d'utiliser cette déchetterie. D'où les décharges sauvages réapparaissant partout au bord des routes et dans les friches citadines depuis qu'un petit génie a inventé ce système de code à la mords-moi-le-noeud.

Naturellement le dépôt des bottes à la déchetterie se produira lorsque leur propriétaire sera mort et qu'on aura dit combien il fût une personne exceptionnelle même si oubliée en moins de temps que ne durèrent ses obsèques, lesquelles auront exigées une vague tristesse décente rien de plus car la mort, elle non plus, ne mérite pas qu'on s'y attarde, pas le temps.

Les bottes quitteront plus tard la déchetterie et seront brûlées avec une noire fumée épaisse ou, plus probablement, seront stockées une éternité dans un dépôt d'ordures, à moins que balancée dans un coin de forêt à cause de cette connerie de code à aller pleurer en mairie - et c'est même pas sûr de repartir avec ce code (mais de retrouver sa voiture avec une amende de post-stationnement ça c'est sûr). Sous des fougères finiront sans doute ces bottes. Où elles mettront dans les mille ans - car : caoutchouc vulcanisé et polypropylène expansé isolant avec mousse de faible densité (à 24 kg/m3 ether T24130) - à commencer à se détériorer. Soit mille printemps, soit trois cent soixante-cinq mille jours alors que ces maudites bottes auront été portées disons une vingtaine d'heures au total, heures distribuées durant un maximum de deux semaines. *Boots ski fun*. Voilà ce dont est capable un être humain, voilà qui est un être humain.

Pensait Rita.

Avec exagération peut-être. Toute cette colère.

Etre décédée présentait d'incontestables avantages. En tout cas, aurait dû. Autrefois, dès que mort, on était moins soumis aux innombrables lois régissant la République Absolue à laquelle les vivants appartenaient obligatoirement. Mais les choses changeaient. Pour notre bien à tous, la R-A (République Absolue) avait décidé que les morts seraient soumis aux mêmes lois que les vivants. Tout le monde a un point de rupture. Et Rita venait d'atteindre le sien. Voilà peu, mourir permettait d'échapper enfin à la R-A. Désormais celle-ci nous poursuivrait jusque dans l'Au-delà, réglementant dès qu'elle le pouvait chaque geste, chaque minute, chaque pensée des morts. Les mêmes uniformes, les mêmes amendes, les mêmes parcmètres et post-stationnements, les mêmes interdictions, caméras de surveillance, réglementations, proscriptions et inculpations. Les mêmes tribunaux. Tout ceci étant en vigueur : sauf pour ceux édictant les lois. Eux non. Nos seigneurs et maîtres. Rita : je me suis retrouvée en correctionnelle car, d'après la juge, dans la mort comme dans la vie, j'avais mauvais esprit. Etre une sorte de fantôme et avoir mauvais esprit c'est drôle. En boucle désormais dans la tête de la jeune femme : enfin mort, ce serait trop demander d'être en paix ? Qu'on nous lâche ? Que cesse le flicage ? La réponse est oui : ce serait trop demander. On doit appartenir *corps et âme* à la R.A. Cette dernière a développé les bonnes technologies pour patrouiller, épier, cadenasser. Et *Corps et âme* est la devise de la République Absolue.

S'encolère Rita.

Les bonnes technologies. Furent apportées par ce maudit vaisseau alien ayant fait naufrage sur la terre au début de 2060. Des humanoïdes. Des gens pacifiques. Pénétrés du bien commun, prônant le respect et l'égalité des cultures avec une considérable ouverture d'esprit. Des commerçants galactiques d'après ce qu'on en a su comme on a pu. Un vaisseau de trois-cent trente-neuf mètres de long et vingt-huit de hauteur, en forme de parfait rectangle cristallin échoué en Antarctique à mi-chemin des bases Vostok, Nova Beijin et Obama III. Constitué d'une sorte de matière minérale évoquant le verre mais ce n'était pas du verre bien sûr. Sur nos écrans, on a tous vu cette centaine d'anthropoïdes très grands (comme certaines gens filiformes de l'Afrique, plus grands mêmes) et ils saluaient fraternellement les caméras des hélicoptères russes et des drones chinois les filmant. Ces images tout le temps pendant des mois. Et la première rencontre entre ces êtres et nos ambassadeurs lors d'une cérémonie diffusée en direct depuis le camp Mahatma Gandhi emménagé par les Nations-Unies tout près du gigantesque rectangle en verre soi-disant mais en mystérieux métal venu des confins, du diamant peut-être comme la rumeur le colportait. Des tonnes et des millions de tonnes de diamant. Ces voyageurs étaient des marchands, c'est ce qu'on nous a dit.

On a murmuré le mot de trafiquants. Les Etats-Unis ont voulu leur acheter un morceau du vaisseau, quelques centaines de kilogrammes de diamant mais les commerçants aliens ont refusé, ils ont dit que leur nef était indivisible, construite dans un seul bloc de cette matière et je vous laisse imaginer la taille de leur planète. Il s'est alors agit de réparer quelque chose pour que le vaisseau reparte mais c'était secret et aucun journaliste ou citoyen n'a pu aller voir ni même survoler l'Antarctique. Des prix Nobel scientifiques se sont plaints mais rien à faire. Les aliens sont repartis quatre années après, offrant des *bonnes technologies pour de bonnes intentions* en remerciement de l'aide terrienne mais les populations n'ont pas été informées de la nature de ces cadeaux. Aujourd'hui, cent ans plus tard, beaucoup de monde est persuadé qu'aucun vaisseau extra-terrestre n'est venu. Comment savoir ? Les images ? Que sont ces scènes filmées ? Faut-il croire ce que l'on voit ? Que veut-on nous faire voir ? Les visiteurs ont offert à l'humanité les *bonnes technologies* ? Le terrain était prêt depuis près d'un siècle pour faire bon usage de celles-ci. Des lois démocratiques nous y avaient préparés, nous enjoignant d'accroître sans cesse les richesses pour le bien d'une poignée, de devenir une industrieuse et docile ruche planétaire. Et des lanceurs d'alerte - en prison ou assassinés depuis fulmine Rita - ont pu prouver que les aliens (des commerçants donc) n'avaient rien offert du tout. Mais plutôt vendu aux multinationales leurs abominations de technologies.

Aujourd'hui ma loi préférée dit Rita dans un rictus de haine la voici : Loi n° 85-730 tendant à améliorer la visibilité des personnes en garantissant publiquement l'usage de leur patronyme. Loi NOR 4316BKL. Le droit au patronyme est un droit fondamental garanti par la République Absolue ; il s'exerce dans le cadre des lois qui le régissent. Art. L. 1089-1. – L'État définit, afin de garantir le droit à la désignation nominative de chacun, que chaque citoyen doit (entre l'âge de sa majorité légale et deux ans en avant) acheter son propre nom (sur la base du nom usuel de ses parents). Art. L. 1089-2. – En cas d'impossibilité financière de procéder dans le délai prescrit par la Loi, y compris avec prêt à taux usuel défini par l'alliance des banques européennes et consolidé par l'État, le contrevenant : 1°) sera assujetti à une amende de classe BK 32 ; 2°) recevra pour une durée de 5 ans renouvelable 1 fois un numéro à 11 chiffres attribué gracieusement par l'état civil moyennant acquittement vérifié du 1°) et location au semestre de chaque chiffre contenu dans le nombre attribué. Ce numéro fera office de patronyme pendant la durée prescrite par la loi via l'état civil délivrant l'autorisation chiffrée. Le contrevenant aura dès lors pour nom Monsieur 23001132106 (exemple A) ou Madame 80072160141 (exemple B) à l'exclusion de toute autre dénomination et ce jusqu'à expiration de la durée légale d'utilisation du numéro ; 3°) à l'issue de la période de 5 ans renouvelable 1 fois de son numéro à 11 chiffres, tout citoyen demeurant dans l'impossibilité d'acheter son nom ou d'acquitter auprès du Trésor Public une nouvelle amende de classe BK 32 à indice majoré de niveau 6 assortie de la location de 11 nouveaux chiffres (Monsieur 60214500012, exemple C ou Madame 87887333058, exemple D) pour une durée de 2 ans renouvelable 0,73 fois se verra privé de tout patronyme alphabétique ou chiffré, cette privation valant empêchement définitif pour toute démarche administrative de quelque nature que ce soit. Art. L. 1089-3. – Tous fonctionnaires des ministères de l'Intérieur et de la Justice, des Finances ainsi que des assemblées parlementaires, de même que tous élus de la République Absolue ne sont pas soumis à la loi et reçoivent à vie le plein, entier et gratuit usage de leur nom, sans inscription de facto au registre des citoyens "Alphabet" (de 1re classe) ou au registre des citoyens "Chiffres" (de 2e classe).

Technologie alien n° BK600 « offerte » à l'humanité : l'implantation d'un nanoprocesseur autobiographique à mémoire artificielle de nom usuel et de patri-matrilinéarité (du coup vous êtes persuadés que vous vous appelez untel et que c'est le nom de votre famille depuis la nuit des temps). Cette technologie produit un *apaisement psychologique* de première bourre sait Rita. On croit avoir des parents, des grands-parents et ainsi de suite. Il est obligatoire de bénéficier, pour son bien et celui de la collectivité, de cette technologie alien (facturée par l'Etat au citoyen).

La technologie alien n° BK600 est soumise à la loi n° 85-730 mentionnée plus haut ricane Rita. Nos ancêtres n'existent peut-être même pas.

J'aime bien aussi songe Rita : la Loi n° 106-20. NOR 9021BKZ. Le droit à la sécurité est un droit fondamental garanti par la République Absolue ; il s'exerce dans le cadre des lois qui le régissent. Art. L. 709-1. – L'État définit, afin de garantir le droit à la sécurité de chacun, que chaque citoyen reçoit (à l'âge de sa majorité légale moins 5 ans) un permis de vie à points, acheté en son nom propre après autorisation des forces de police. Le montant du permis de vie à points est fixé à 89,8 % hors taxes du barème familial sécuritaire de l'intéressé, lequel barème familial sécuritaire est établi sur rapport de la police et de la magistrature. Art. L. 709-2. – En cas d'infraction, délit ou crime, le titulaire du permis de vie à points se voit retirer 1 à 12 points de son permis en comptant 12, ceci sur la base de la nomenclature officielle des 93 446 crimes et délits (hors délit financier selon l'ordonnance 49.3 dépénalisant les délits financiers à proportion de la position sociale du délinquant). Des points peuvent être regagnés lors de formations ou périodes de réclusion payantes et dans la limite de 3,9 points de vie. Art. L. 709-3. – Tout retrait de point sera assujetti à une amende de classe BK 32 à prélèvement mensuel obligatoire (une majoration s'exerce selon le nombre de points retirés).

Art. L. 709-4. – Le solde de son permis de vie à points n'est jamais communiqué au citoyen, y compris lors des retraits de points. Tout justiciable détenteur d'un solde de 3/12 points de vie sera appréhendé par la force publique et exécuté dans un délai de 96 heures en application du code de sécurité publique (art. de préventivité préventionnelle préventive). Afin d'assurer au condamné le respect de ses droits démocratiques, le choix de son mode d'exécution lui reviendra (sur la base de moyens bon marché : inanition, noyade ou chute d'un toit. Dans ces deux derniers cas, l'amendement SS600 interdit toute mise à mort dans un lieu public). La facturation de déblayage du corps par la voirie sera adaptée aux ressources du condamné ou de sa famille.

Technologie alien n° BK808 « offerte » à l'humanité : l'implantation d'un nanoprocesseur décisionnel à programmation anticipée de mort subite (résultat, vous avez programmé librement – c'est fou tout ce qu'on fait librement - une date, heure, minute pour votre mort subite. Ceci avant cinquante ans et, en remerciement de votre bon esprit citoyen (car vous débarrassez le plancher pour laisser la place à une nouvelle génération de pauvres cloches), la R-A vous dispense d'être soumis à la loi du permis à points de vie). Et si vous programmez votre *départ* pour vos quarante ans, alors là jackpot : exemption (partielle) d'impôts (sous conditions et sous réserve d'éligibilité puis d'acceptabilité puis d'acceptation de votre dossier par les administrations concernées. Pour le règlement des frais de votre dossier technologico-légal d'implantation d'un nanoprocesseur décisionnel à programmation anticipée de mort subite, 18 modes de paiement sécurisés dont la carte bleue, rouge, verte, gold. Possibilité de payer en plusieurs fois avec La Carte NanoDeath© single, couple, familiale ou premium ou avec la Carte SpeedyMuerté© même pendant les soldes. Le compte Twitter @NanoDeath, wwwx.subito.org et la page Facebook2 « Mort subite les bons plans » vous informent 7/7).

Cette technologie de programmation anticipée de mort subite produit une *rupture conventionnelle de respiration et un arrêt cardiaque instantané* sait Rita. Enfin normalement. Car il n'est pas rare que le nanoprocesseur fabriqué à l'autre bout du monde sur plan alien par des enfants – qui en ont un gratuit de nanomachin avec date limite pour leur vingt ans - et pour un prix dérisoire, déconne. Et là c'est pas beau à voir, d'accord on meurt mais ça chie un moment. On peut toutefois prendre une assurance anti-souffrance avec l'implantation assez onéreuse d'un système de secours et là c'est théoriquement l'explosion garantie au moment voulu. On raconte que des gens fortunés ont trois ou quatre nanoprocesseurs de programmation anticipée, histoire d'être sûr que tout se passera bien pour leur mort subite à cent-quarante ans ou cent-soixante ans. Il est obligatoire de bénéficier, pour son bien et celui de la collectivité, de cette technologie alien (facturée par l'Etat au citoyen).

La technologie alien n° BK808 est soumise à la loi n° 106-20. mentionnée plus haut se met à en pleurer de rage Rita.

Au fait, Rita plus personne n'a le droit de l'appeler Rita. Du fait de sa condamnation par la 373ème chambre correctionnelle de Paris, valant empêchement de porter un nom alphabétique, elle se nomme maintenant Madame 55523200444. Madame 55523200444 a un petit ami. Il n'en a plus pour longtemps ce Monsieur 40040012120 car son nanoprocesseur décisionnel à programmation anticipée de mort subite a été re-paramétré par décision du tribunal pour fonctionner le jour de son 32ème anniversaire suite à une sombre embrouille avec la police municipale de son dortoir. Va pas tarder à lui péter à la gueule le nano. C'est bien simple reste deux mois seize jours dix heures quarante-quatre minutes si vous voulez savoir. C'est pourquoi Rita a atteint ses limites. Elle a beau être déjà morte, elle, elle souffre de ce que va devoir souffrir son amoureux. Alors Tristan (rien à foutre de Monsieur 40040012120) lorsqu'il imagine faire l'amour à Rita en essayant d'oublier toutes ces technologies aliens (et si ça se trouve ces derniers n'ont jamais existés va savoir c'est rien qu'un complot pour nous enfumer), eh bien il dit Rita je t'aime Rita mon amour tu es belle comme un petit matin Rita ta beauté ta douceur de louve Rita je t'ai trouvée tu es unique tu es mon trésor mon or ma croyance Rita Rita Rita oui tu es mon unique.

Et ils se sont promis que lorsque Tristan sera mort à son tour et qu'il aura tout réglé administrativement avec la police et la justice de l'Au-delà, laquelle a le même ministre que la police et la justice de l'Endeça, ils essaieront de se retrouver car eux c'est pour la vie. Et aussi pour la mort cet amour sans commerce, sans chiffres ni lois ni esclavage ni caméra ni sécurité ni rien. Juste s'aimer.

Il y aura bien eu à plusieurs reprises des rebelles du deep internet ou des ligues green blok anti-R-A qui auront diffusés clandestinement de farouches et incendiaires *Lettre.s ouverte.s aux vivant.e.s qui veulent le rester*. De quoi éveiller la conscience – et la colère – de millions de citoyens. Mais ces initiatives contestataires n'auront rien données car, rapidement, les gens se seront rendu compte qu'il valait mieux mourir plutôt que de tenter de transformer l'intransformable société des vivants totalement inféodée aux marchands et à leurs valets. Même si l'Au-delà subit lui aussi les lois de la République Absolue, la résistance y est plus facile du fait de la vastitude inexplorable des territoires de la Mort. Toi qui aime ça, tu pourras dessiner des tags ultra colorés partout. En effet les étendues – géographiques et métaphysiques - de la Mort sont des milliards de fois plus spacieuses, illimitées à vrai dire comme la physique quantique le laisse entendre, que le minuscule univers vivant. Tes tags à perte de vue. De la couleur jusqu'au bout du monde.

Dans ces conditions de « territoires infinis », les successives, intelligentes, pertinentes et agissantes *Lettre.s ouverte.s aux mort.e.s qui veulent le rester* auront favorisées l'émergence d'irréductibles zones libérées de tout trait civilisationnel pro-économistique. Enfin quelque part où aller. C'est ce qui se raconte en tout cas. Et il vaut mieux ne pas trop parler de cela.

La République Absolue, *Pour votre sécurité nous supprimons votre libre-arbitre.*

Alors dans l'Au-delà tu sais ma Rita on rejoindra les rebelles, la guérilla, la résistance ou ce qu'on trouvera, les autres quoi. Les vrais gens, ceux qui sont pas payés pour surveiller les autres. L'un de ces territoires sans la tyrannie. Il parait que là-bas ils ont des chirurgiens qui t'enlèvent ces horreurs de nanoprocesseurs aliens et après on vit sa mort dans des montagnes inaccessibles aux milices policières ou sur des îles des mers chaudes éloignées de tout tribunal, sans ville, sans abonnements à quoi que ce soit, sans codes ni mots de passe, sans argent pour un oui pour un non - surtout sans argent ni fin de l'annonce vidéo dans vingt secondes ni ordres auxquels il faut obéir du matin au soir et même la nuit. On sera à l'abri au cœur de grandes forêts avec aucun plastique pour les polluer. Tu imagines ? T'en a déjà vraiment vu une de forêt toi ? Hum.

Une vraie ? Il y aura des arbres en bois et pas besoin d'applis pour publier des photos de ces arbres splendides car l'instant se suffira à lui-même. L'air aura cette gigantesque couleur verte expliquant l'univers. Des petites bêtes et des chevreuils et des renards, des chevaux, des phacochères, des gnous, des hérissons, des yacks et des loutres existeront sans se poser de questions, on vivra comme des sioux avec cette noblesse des nomades. Et du temps pour être autour du feu avec ses proches. De la pluie non programmée lavera les villages. On rêvera.

De la neige nous surprendra mon amour ma Rita, on restera au chaud puis on se roulera dans tout ce blanc. Des sources roucouleront pour rafraîchir tes jolis pieds en été, du feu non virtuel dansera pour chauffer ta cabane en hiver. Nous connaitrons des gravières roses au bord d'une rivière sans nom et on la nommera nous-même cette rivière, son nom changera tous les jours si on veut, tu te baigneras nue si ça te chante et tes bracelets de cuivre fabriqués sans machine éclaireront précieusement l'eau toujours neuve. Zéro parking nulle part avec des minutes à payer comme si le temps appartenait à quelqu'un, pas de papiers on line à remplir, de codes d'accès ni de rendez-vous pour s'expliquer. Pas de gardes-chiourme tous les dix mètres. Que nous. Et des tas d'amis sans rien à vendre et des chiens joyeux, pleins de chiens dans la profondeur des journées. On sera loin de tout ce qui nous tue.

Un jour je t'offrirai une couronne de marguerites, toutes ces petites marguerites sur tes beaux cheveux sentant bon l'herbe et le soleil.

Peut-être même verrons-nous des fougères avec planquées en dessous des antiques bottes d'après-ski presque toutes neuves en caoutchouc vulcanisé et polypropylène expansé et ça n'aura pas d'importance (Le polypropylène isotactique est une polyoléfine résultant de la polymérisation coordinative des monomères propylène [(CH2=CH-CH3)] en présence de catalyseurs, suivant principalement la catalyse sprumeuse de Ziegler-Natta). On se dira c'était le monde d'avant.

Parce-que tu sais ma Rita et c'est ton Tristan qui te le promets mon amour - sache qu'il s'agit là de mon message à toi ma réfractaire et qui veut et saura le rester - loin de la République Absolue et de ses puanteurs, loin du vaisseau alien et de ses bonnes technologies - comment dire une telle chose écoute bien en vérité je te le dis : notre mort sera belle, notre mort sera libération. On sera un vol de moineaux qui hésite où aller.

(*La république absolue,* 2020. Nouvelle publiée in *Mourons sous la pluie (acide),* collectif, Actes Rudes, 2020 ; in *Petit traité de sorcellerie et d'écologie radicale de combat,* Hispaniola Littératures/BoD, 2021)

Avec le soutien de Rose Evans, Olivier Millet (*Hispaniola Littératures*) / Ludmilla de Monfreid et Zoé Agbodrafo (*Totemik CrowFox*) / **Merci** aux rêveurs réalistes, ils se reconnaîtront, à Rudy Ruden, Daisy Beline et Rachel Carson / Merci à Marie Doré, Julia Woolf et Sébastien Breton (*Lapin à Métaux*) ; Astrid Laramie, Olivier Bastille de Gouges et Paul Astapovo (*Fondation Carlota Moonchou*) ; Bob Collodi et Maria Quiroga *(Académie royale des littératures Orélides)* ; Laurent Battistini, Piotr Bish et Aksana Lydia Oulitskaïa (*Neness Danger*) / **La république absolue** / Éditrice : Rose Evans (avec Nina Nobel) / Photographies de couverture : Rus 33333 et Gus Guis (Pixabay) / Mise en pages : Anastasia Tourgueniev et Zoé Agbodrafo (avec Béthanie Rib) / Dépôt légal juin 2021 / ISBN 9782322269020 / Imprimé en Allemagne / www bod.fr / www. aubert2molay.vpweb.fr / © Ph.A2M, 2021 © Hispaniola Littératures, 2021 /

www. aubert2molay.vpweb.fr

**du même auteur chez Hispaniola Littératures,
disponible en librairie et sur le site BoD www.bod.fr**

<u>Collection L'Inimaginée</u>
(Littérature de l'imaginaire)
-PETIT TRAITE DE SORCELLERIE ET
D'ECOLOGIE RADICALE DE COMBAT
-DOULEUR FANTÔME
<u>Collection L'imaginable</u>
(Littérature blanche)
-SAPIN PRESIDENT
<u>Collection 1 nouvelle</u>
-TOUTE PETITE FILLE DES DRAGONS
-SUPERETTE
-LA HAUTEUR
-LA MORT DE GREG NEWMAN
-DIX ANS AVANT LA NUIT
-SELON LA LEGENDE
-S'ENFERMER DANS UNE CABANE ET ECRIRE
-EN MARCHE
-LECON DE TENEBRES
-L'HIVER 1877 DE MISS EMILY DICKINSON
- LA ROUSSEUR DU RENARD
-TECHNIQUES DE VOL HUMAIN
EN CIEL NOCTURNE
-LA FEE DES GRENIERS
-ROUTE DU GRAND CONTOUR
-LE DOCUMENT BK 31
-FANTÔMES D'ASTREINTE
-BRODERIES ET TRAVAUX D'AIGUILLES
-LA REPUBLIQUE ABSOLUE
-LA BONNE LONGUEUR DE MECHE
-MADRID, ETATS ZUNIS D'AMERIQUE
-INTERNITE
-SURVIVANT
-SUPER HEROS À TEMPS PARTIEL
-POUR UNE FOIS QU'IL NEIGE
-KANSAS ET ARKANSAS

Collection 1 nouvelle